M. LAJOIE   8 MAI 1870

CONTRAT DE MARIAGE

entre

Monsieur Hippolyte LAJOIE

et

Mademoiselle Hortense BONNEGRACE

ÉTUDE DE Mᵉ E. CLERC-JOYEUX

NOTAIRE A PARIS, 20, RUE DE VERNEUIL

(Successeur de Mᵉ DRAC)

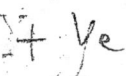

NOUVELLE FORMULE

DE

CONTRAT DE MARIAGE

Communiquée à mon ami Paul T.....

FUTUR NOTAIRE A PARIS

———

Par-devant maîtres DRAC et Michel-Paul TARU,
Notaires à Paris, ont ce jour comparu :
Mithridate-César-Hippolyte LAJOIE,
Officier, demeurant caserne Courbevoie,
Mais devant ces jours-ci changer de garnison,
Majeur, fils..... il peut dire avec juste raison :

> *Quand je vins au monde, ma mère*
> *Dans un drapeau m'enveloppa ;*
> *J'appelai, n'ayant plus de père,*
> *Tout le régiment mon papa.*

Stipulant en son nom...., *d'une première part ;*

Et demoiselle Reine-Hortense BONNEGRACE,
Mineure, demeurant auprès de ses parents,
Qui sont pour l'assister tous deux ici présents,
A Paris, trente-deux, boulevard Montparnasse.

Pour elle stipulant en son nom..... *d'autre part.*

Enfin, troisièmement, comparaissent encore
Jean-Blaise BONNEGRACE et Clarisse PANDORE,
Père et mère, habitant au susdit boulevard,
A cause de la dot agissant..... *d'autre part.*

Lesquels, voulant former les nœuds d'un mariage,
Qui sera célébré dans un charmant village,
Près du chêne géant qui fait de Robinson
Le pays où fleurit l'amour et la chanson;
En arrêtent ainsi les clauses fantaisistes :

ARTICLE PREMIER

Régime

Les deux futurs époux, en bons économistes,
Pensant que leurs efforts doivent tendre toujours
A créer le repos pour la fin de leurs jours,
Déclarent adopter le régime qu'indique
Notre Code civil, livre trois, sous rubrique :
« De la communauté réduite aux seuls acquêts, »
Que nos anciens auteurs appelaient des conquêts.

ARTICLE DEUX

Exclusion des Dettes

Les dettes existant resteront personnelles ;
Cette règle de plus est applicable à celles
Grevant les biens échus par des successions,
Et provenant de legs ou de donations.
Ainsi le fonds commun, sauf juste récompense,
Ne devra des époux éteindre une créance ;
Mais tout passif sera, quel qu'il soit, acquitté
Par celui des époux qui l'aura contracté.

ARTICLE TROIS

Apport du futur époux

Ledit futur époux apporte en mariage
Tout ce qui d'un garçon compose le ménage :
Ses huit pipes d'écume et ses deux narguilés,

Pipes de premier choix... culottage artistique!...
Quatre pots à tabac sculptés et ciselés,
Deux blagues à surprise, une autre emblématique,
Mystérieux cadeaux que lui faisaient jadis
Ses maîtresses... Mais chut... arrêtez-vous, sandis!
Si vous ne retenez prudemment votre langue,
Vous aurez du beau-père une juste harangue,
Et pourriez sur ce point vous trouver en défaut.
— Un piano d'Érard, puis un vélocipède
Sortant des ateliers de la maison Michaut;
Son cheval Buridan, sa lame de Tolède;
Une collection de bustes et portraits,
Des actrices surtout, aux séduisants attraits:
Massin et Montaland, Schneider cascadeuse,
Paôla Marié, la grande tapageuse,
Léonide Leblanc et les autres beautés
Dont la faveur du jour fait des célébrités...
— Un tel apport, dit-on, blesse la convenance.
Point du tout! Honni soit celui qui mal y pense!
Car un soldat français doit mêler tour à tour
« Les lauriers de Bellone aux myrtes de l'amour. »

ARTICLE QUATRE

Apport de la future épouse

La jeune fille apporte et met dans le ménage
Tout ce qu'on peut avoir pour séduire à son âge :
Dix-huit ans... quel actif!... J'en appelle aux maris :
Hélène à cinquante ans ne peut plaire à Paris;
Quand la ride est au front, Aspasie elle-même
Trouverait avec peine un soupirant qui l'aime.
Dix-huit ans valent mieux que titres d'action
Sur le chemin de fer de Paris à Lyon...
Si vous me demandez quel est le dividende,
Je dirai : « Qu'à son gré chacun le sous-entende. »
En amour le coupon, disons-le toutefois,
D'ordinaire est touché plus souvent que six mois!...
Mais laissons de côté la question de l'âge;
Elle possède aussi plus d'un autre avantage :
Ses cheveux vrais et noirs, ses yeux intelligents,

Une bouche divine et d'admirables dents...
On n'en finirait pas de toute sa personne ;
Mais elle rougit trop, cette pauvre mignonne,
De voir tous ces détails portés en son contrat ;
Au fait, c'est aller loin, même en notariat...
Duquel apport, bien franc de toute dette et charge,
Il est ici donné connaissance au futur,
Qui, vraiment satisfait, dès aujourd'hui s'en charge.
Autant en feriez-vous à sa place, c'est sûr...
Pourtant la jouissance en fait n'en sera prise
Qu'après permission du maire et de l'église.

ARTICLE CINQ

Constitution de Dot

A LA FUTURE ÉPOUSE

Mondit sieur Bonnegrâce, en son contentement
De l'hymen projeté, donne dès maintenant
Cent trente mille francs à l'épouse sa fille :
« J'entends que vous puissiez élever la famille
Que vous allez créer : car voyez-vous, enfants,
Il nous faut deux bébés à nous les vieux parents.
— Soit, répond le futur ; la chose est praticable ;
J'irai même au delà, ça me semble probable !...
— Ma fille, dit la mère avec émotion,
Je te donne à mon tour ma bénédiction,
Et j'ajoute de plus, pour faire la layette,
Une machine à coudre, avec fil et navette. »
Enfin les donateurs, sans prévoir de procès,
Gardent droit de retour au cas de prédécès.

ARTICLE SIX

Réserve de Propres

Chacun desdits époux comme propre conserve
Tous ses biens à venir et l'apport constaté.

ARTICLE SEPT

Mise en Communauté

Toutefois, et malgré le régime adopté,
Introduisant ici cette unique réserve,
Les époux, pour former un petit fonds commun,
Mettront en un seul lot, elle « son innocence[1] »,
Et lui, plus avancé, « sa grande expérience » ;
Et, pour bien constater la mise de chacun,
Il suffira du fait d'une simple couchette
Dont le charmant désordre atteste une défaite !...

---

1. Variante : « SON CAPITAL. »
(Formule Alexandre Dumas fils, octobre 1875.)

ARTICLE HUIT

Préciput

Le survivant, l'épouse, en gardant la liberté
De renoncer ou non à la communauté,
Prendra par préciput (soit avant le partage)
Tous les meubles meublants, les différents effets
Personnels au défunt, le linge de ménage,
Et pour quinze cents francs de tous autres objets.

ARTICLE NEUF

Remploi

Le remploi se fera conformément au Code ;
Les tiers ne devront pas en surveiller le mode.

ARTICLE DIX

Donation

Enfin les deux époux se donnent dès ce jour
Au survivant d'entre eux, comme gage d'amour,
La future au futur sa robe nuptiale,
Son bouquet d'oranger, sa bague conjugale.
— Le futur à son tour dispose à son profit
Des objets constatés en son apport susdit,
Ajoutant ses deux croix, son bonnet de police,
Et le livret portant ses états de service.

Dans ces conditions de l'hymen projeté
Le contrat préalable est par eux arrêté,

Pour régler au décès, d'une façon précise,
Ce qui formera don, biens communs ou reprise.

En présence, savoir : du côté du futur,
De messieurs Rastondu, capitaine en retraite,
Georges de Beaupinson, au quartier dit Arthur,
Et Raoul Saint-Fleuret, surnommé La Tempête ;

Du côté de l'épouse, Alix de Doux-Regard,
Agathe Beauvisage et Claire d'Air-Mignard.

DONT ACTE ainsi passé, le jour du Plébiscite…
A l'instant maître Drac lit, ou plutôt récite,
Deux articles sacrés qu'il explique à loisir
(Ce qui pour les époux est un vrai déplaisir),
Et leur délivre enfin, le tout suivant l'usage,
Pour le remettre au maire avant le mariage,

Un court certificat revêtu de son sceau ;
Puis de ce qui précède il a fait la lecture,
Et chacun a plus bas posé sa signature.

SOUHAIT AUX ÉPOUX

Que dans neuf mois, amis, il vous faille un berceau !

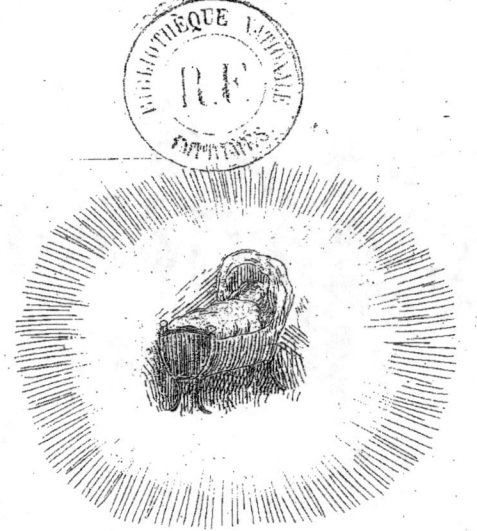

PARIS, IMPRIMERIE JOUAUST, RUE SAINT-HONORÉ, 338.

PARIS, IMPRIMERIE JOUAUST, RUE SAINT-HONORÉ, 338.

www.ingramcontent.com/pod-product-compliance
Lightning Source LLC
Chambersburg PA
CBHW061443170626
46811CB00005B/2349